청어詩人選 245

김현숙시집

꽃의 전언

청어

꽃의 전언

김현숙 두 번째 시집

발 행 처 · 도서출판 청어
발 행 인 · 이영철
영　　업 · 이동호
홍　　보 · 천성래
기　　획 · 남기환
편　　집 · 방세화
디 자 인 · 이수빈 | 김영은
제작이사 · 공병한
인　　쇄 · 두리터

등　　록 · 1999년 5월 3일
(제1999-000063호)

1판 1쇄 발행 · 2020년 7월 10일

주소 · 서울특별시 서초구 남부순환로 364길 8-15 동일빌딩 2층
대표전화 · 02-586-0477
팩시밀리 · 0303-0942-0478

홈페이지 · www.chungeobook.com
E-mail · ppi20@hanmail.net
ISBN · 979-11-5860-866-8(03810)

이 도서의 국립중앙도서관 출판시도서목록(CIP)은 서지정보유통지원시스템 홈페이지
(http://seoji.nl.go.kr)와 국가자료공동목록시스템(http://www.nl.go.kr/kolisnet)
에서 이용하실 수 있습니다.(CIP제어번호: CIP2020027467)

시인의 말

온 세상이 바이러스에 발을 동동 구르고 있다.

연애하듯이 살고 싶고, 사이다 같은 이야기만 하고 싶은 게 우리의 마음이다.

신록의 계절에 한 줄기 바람은 얼마나 시원한가?

한 구절의 시가 독자에게 따뜻한 위로가 되고 희망이 되었으면 한다.

2020년 여름
김현숙

차례

1부 / 나비의 꿈

2부 / 중년이라는 꽃

3부 / 바다에 잠들다

4부 / 아픔보다 더 큰 그리움

1부

나비의 꿈

저렇게 화려하게 도드라지는 꽃이 되기까지
밑동이 잘려 나가는 고통이 있지 않더냐
꽃이 피면 지는 날이 있듯이
해지면 달 뜨고, 별이 빛나는 날이 있다

이상한 나무

어릴 적 동네 어귀에는 커다란 살구나무가 있었습니다
여름이 시작되기 전에
아이들은 살구를 주우러 몰려듭니다

욕심을 부리는 날에는 살구나무 가지에 올라가서
마구 흔들어 살구를 후드득 떨어뜨립니다

다음날도 그 다음날도
나무는 맞기를 반복했습니다

세월이 흘러 그 살구나무의 아픈 상처를 만났습니다
해마다 아픔을 겪으면서도 살구가 열리게 하고
곯은 배를 채워주던 살구나무에는
어머니의 자궁만한 상처가 아물고 있었습니다

어떤 사람들은 그 상처에다 카메라를 들이댑니다

어제의 꿈은 무엇이었냐고 묻는 사람들에게
살구나무는 대답 대신
긴긴 아픔을 꿀꺽 삼켜 버리고
흐린 눈빛으로 먼 하늘을 바라봅니다

꽃의 진언

알스트로메리아, 꽃말은 새로운 만남이야

농장주들은 봄을 기다리고 꽃집 주인은 졸업시즌을 기다리고 당신은 나의 숨은 향기를 꺾고 싶어 하지 경매인들은 사랑의 상향가 낙찰을 기다리지만 간혹 몇 차례씩 유찰되는 봄은 꽃가 위로 잘근잘근 향기를 거세당했어

당신은 거짓 유혹을 엉거주춤 못 이기는 척, 눈감고 넘어가다 낭패를 당한 시즌이 있다고 하셨나요?

어린 날 이웃집 할머니 꽃상여가 나갈 때, 습자지로 만든 하얀 꽃송이가 목에 가시처럼 걸려 눈물이 났다는 당신 몸이 달아서 꽃들이 향기를 이식하고 싶어 하네요, 사랑이 별건가요? 느낌 의 경계에서, 문 밖과 문 안의 감정을 희롱당하고 싶은 설렘이 지요

꽃향기 흩날리며 내 꽃의 중심을 부풀리고 있어요
내 몸의 언어를 터치해 주세요, 당신께 낯선 떨림을 충전해 드 릴게요

미슐랭

여행을 하다가
우연히 들어간 음식점에서
아주 환상적인 식사를
한다면 얼마나 커다란 행운일까?

별이 달린 호텔
별이 달린 레스토랑
별처럼 빛나는 사람들이
웃음꽃을 피우며 하는 식사는
소화의 방식도 별다르겠지

아무나 갈 수 없게 된
일본의 유명한 스시 집
구순을 넘긴 오노 지로는
별 세 개를 지키기보다는
손님과의 눈 맞춤
거리를 지키려 한다

나는 두근거리는
그의 심장 박동 소리를 스크랩한다

누드화

설원의 햇살처럼
눈부신 속살의
부드러운 질감과
절제된 명암을 읽는다

여우 꼬리 같은 붓으로
그 여자의 옷을 벗겨내고
그 남자의 옷도 벗겨냈다

부드러운 손끝으로
여자의 우윳빛 살결을
남자의 구릿빛 근육을 입혔다

여자의 곡선 안으로
붉은 심장을 그렸고
남자의 근육 안으로
단단한 뼈마디를 넣었지

모델과 화가
관계의 거리를 가늠해 본다

뭉클한 욕정欲情은
도화지 가득
혈흔처럼 스며들고

달

누가 허공에
등 하나를 달았을까

소나무에 걸린 갈바람

학이 부리로
등불을 켜는구나

낙엽

지난봄에 연둣빛 싹이 돋았을 때
얼른 이파리가 자라기를 바랐습니다
넓은 잎들이 바람에 일렁일 때
더위에 지친 내 이마의 땀방울을
슬쩍 훔치고 지나갔습니다
그리고 가을이 오고
잎들은 울긋불긋 단장하지요
낙엽이 후드득 떨어지면
내 심장에 사랑이라는
주홍글씨를 새깁니다
빨갛게 물들어서
더욱 간절한 목마름으로
하얀 겨울나무의
떨어지지 않은 잎새처럼
부질없는 미련을 떨고 있습니다

차 한잔하실래요

비 내리는 명동거리를
쓸쓸히 걷다가
뭐니 뭐니 해도
명동성당에 가면
빈 가슴 채울 것 같아서
우산 위로 떨어지는
빗방울 소리 들으며 가는 길
굳게 닫힌 문을 살며시 열고
성호를 긋는다
가시관을 쓴 예수와
성모 마리아의 고통을 생각하며
작은 고통은 지워버린다
언젠가는 돌아갈 곳이 있는
천국을 그리며
힘을 얻고 뒤돌아 나온다
비는 여전히 내리고

전화를 걸었다
차 한잔하실래요?

벽오동

벽오동 꽃피는 뒤뜰 우물에는
달빛도 물그림자를 드리운다
언제 피어올랐는지 별처럼 잔잔한
노란 야생화 꽃잎들이 활짝 날개를 펼친
초여름 밤에 하늘에서 내려온
봉황 한 마리, 상서로운 둥지를 튼다

벽오동이 알알이 익어가는 가을이 오면
옥이의 키도 한 뼘 더 자라겠지
아버지는 어떤 마음으로
저 푸른 빛깔의 벽오동나무를 심었을까?
딸아 궁금해하지 말아라
때가 되면 알게 될 거란다

봉황이 깃든 자리에 봄이 오면
우물가에 아낙들 물 긷는 소리 들리고
눈에 넣어도 아프지 않을 것 같은
옥이와의 인연도 놓아 주어야 하네
벽오동나무에 톱질하는 소리 들리고
아버지의 땀방울이 눈가에 흥건히 젖는다

모과

호두나무 옆에 모과나무 한 그루를 심고
그 옆에 자두나무 한 그루를 심었습니다
뜰 안에 심은 나무들이라
꽃을 보는 것만으로도 만족하지만
먹는 즐거움까지 맛볼 수 있겠지요

당신이 호두나무가 드리운 그늘에
평상을 깔아 놓고 지친 오후를 누이면
아이들은 자두꽃처럼 환하게 웃으며 뛰놀 테지요
모과꽃도 수줍게 피어 있고요

자두가 빨갛게 익어가면
입안에 침이 고여 입맛이 한껏 돌고
누렇게 가을이 익어가면 모과 향이
물 건너온 향수처럼
마당 가득 향기를 뿜어 주겠지요

호박꽃과 메줏덩어리가 아무리 못생겨도
맛있는 음식으로 사랑을 받듯이
모과 또한 향기로 사랑을 받습니다
사람도 그렇습니다
외모보다는 인격으로 경쟁하는 사람들에겐
질리지 않는 향기가 있지요
살아가면서 그런 사람을 만나고 싶습니다

식객

건 우럭을 찜 쪄서 내놓으니
때깔만 봐도 눈이 행복하다

왼손잡이 젓가락질로
가운데 토막의 살점을 발라내니
쫄깃한 하얀 살결이 뭉텅 올라온다

입속엔 군침이 가득 돌고
매콤 짭조름한 양념 냄새가
입맛을 확 당긴다

늙은 어머니가 보내온 흰쌀밥을 지어 놓고
숟가락을 뜨지를 못한다
5남매는 모두
어머니의 식객일 뿐이다

어머니의 하루는 하루가 아니다
하루를 이어 덧댄 하루가 발효되어 시큼하게 익어간다

나의 안녕한 오늘은
어머니가 어제 안녕을 반납한 압축된 공백이다

밥풀떼기

입술 옆에 붙은 밥풀 하나를 보고
당신에게 몹시 화를 냈습니다

앞으로는 밥상머리에서
식사 중 간간히
입술을 훔치라 했지요

그 말이 지금에 와서
내 목구멍에 걸립니다

당신과 내가 견디는 세월이
밥풀떼기 같은 무감각이었음을
이제는 가슴으로 전하고 싶습니다

말을 접고 침묵하는 연습을 합니다
상처 주는 말은
거기까지만

틈 2

균열이 간다는 것은
내가 알지 못하는 사이에
너와 나의 거리가 생겼다는 것이다

서로 눈치만 보다가
때를 놓친 우정에
아물지 않는 생채기를 남기고

우리는 그렇게 끙끙대다가
잊혀진 사람이 되거나
거리의 간격을 좁히거나 한다

새장을 떠난 새는
어제의 보금자리를 기억할 틈이 없다

새로운 터전에서
또 다른 텃새들과 날개를 푸드덕거리며
자리다툼과 치열한 경쟁을 할 터

포경 금지령

바닷바람에 소금간이 밴 햇살이
해변의 소나무 숲을 어루만진다
나는 한낮의 구름을 벗겨낸 바람의 잔해를 몰고
문무대왕의 왕비, 뼈대가 묻힌 대왕암으로 간다

파도에 부딪히는 고래 대가리와 해초에 걸린 꼬리
포경을 하고 난 그날처럼 바다의 살갗이 파닥거린다

죽은 자들이 죽지 않고
바다를 지키는 밤의 쌍곡선

범선들이 항해할 때 만난 고래의 등은
지구의 원형을 복원하고 있는가?

살기 위해서 힘차게 뿜어대는, 물줄기
고래의 황홀한 고집이 파도를 탄다

반구대 암각화에는 고래의 유적이 남아있다
장생포 앞바다를 누비던 고래의 무한 질주

수천 개의 빛의 혀들이
고래의 DNA를 희롱하며 반짝인다
벌거벗은 고래 지느러미의 뿌리가 흔들린다

나비의 꿈

언젠가 나는 딸들과 화담숲에 갔었다
그땐 수국이 활짝 핀 계절이었고
태양이 작열하는 한여름이었다

당신의 눈빛은 내 동공을 키우고
큰딸의 원피스 꽃무늬를 환히 양각하고
작은딸 얼굴에 보조개를 음각하는, 초록색 여름 숲

커다랗고 다양하게 꾸며진, 화원
산 아래에는 모노레일이 손님들을 기다리고 있었다

저걸 타 볼까?
아니, 걸어서 가야지
저길 봐, 숲속의 재간둥이 다람쥐가
통돌이를 돌리며 빠져나오려고 안간힘을 쓰잖아

사이클로이드 곡선*을 그리며 당신의 오늘은
체조요정처럼 어제에 착지한다

내딛는 발걸음마다 피워놓은 환한
꽃들에게 감사의 눈인사를 건넨다
당신, 지구라는 화원에 제일 먼저 심은 화초가
이끼라는 걸 아세요?

41억 년 전으로 돌아가서, 공룡이 사라진 이야기
인간이 어떻게 진화했는지 해제된 비밀의 시간을 만난다
그 해제된 비밀 속으로 아까 보았던 어린 애벌레들이
날개를 파닥이며 수국정원으로 훨훨 날아간다

나는 숲속 요정이 되어, 아프기 전 건강한 당신에게
정원의 이야기를 톡톡 들려줄 거야
당신 이름은 중앙분리대에 긁혀도 상처를 입지 않을 거야

나는 당신의 망각의 숲속으로 천천히 진입한다
겨울이 여름을 통과하듯이

*사이클로이드 곡선: 원판 위에 한 점을 찍고, 그 원판을 한 직선 위에서
 굴렸을 때 점이 그리며 나아가는 곡선

끈

갓난아기는 어머니 뱃속에서
열 달을 사는 동안
탯줄 하나를 달고 나왔다
생명줄 같은 탯줄은
태어나자마자 잘라 버렸지만
인연이라는 새로운
연결 고리를 만들어 가지 않던가?
끈은 묶을 수도 풀 수도 있지만
한번 묶인 매듭을 끊어내는 건 생인손처럼 아프다
누가 아픈 손가락을 갖고 싶으랴
누가 아픈 상처를 지우고 싶지 않으랴
저 탁자 위의 화병을 보라
저렇게 화려하게 도드라지는 꽃이 되기까지
밑동이 잘려 나가는 고통이 있지 않더냐

꽃이 피면 지는 날이 있듯이
해지면 달 뜨고, 별이 빛나는 날이 있다
살얼음판을 걷는 날이 온다 해도
내 안에 뜨거운 피가 흐르고 있다면
빈손으로 왔다가 빈손으로 간다고 해도
내 이웃이 있어 든든한
실낱같은 희망의 끈 하나 잡고 살리라

5월의 어머니여

살그머니 눈웃음 지으며
입가에 피어오르는 말 없는 사랑
예수의 어머니가 아닌
만인의 어머니로 거듭나신
당신의 품 안에
내가 안기어도 될는지요

가시관을 쓴 아들을
차마 바라볼 수 없었겠지요

가슴 저미는 슬픔으로 빚은
화창한 5월
당신은 화관을 쓰고
만인의 여왕으로 오셨습니다

사랑하는 아들들아
사랑하는 딸들아
나지막이 속삭이는
당신의 부르심

나는 수줍은 마음으로
화르륵 달려갑니다

당신의 품이 있어
나는 외롭지 않아요

낡은 죄를 벗어던지고
어린아이처럼 당신 품에서 뛰어놀게요

나의 죄를 쉬게 해 주세요
여왕이신 나의 어머니여

내 고향 상주

낙동강 푸른 물결이 굽이쳐 흐르고
기름진 땅과 선한 사람들이 사는 곳
삼백의 고장 상주라네

뽕나무밭에 오디도 맛나지만
누에 치는 마을엔 하얀 고치
명주실 짜는 소리에 밤이 깊어만 가고

감꽃 흐드러지게 핀 봄날
감나무 아래 떨어진 감꽃만큼이나
주렁주렁 매달려서 바람에 건조된
하얗게 분이 오른 곶감이 참으로 달구나

봄이면 비옥하고 너른 땅에 모를 내고
낙동강 물길을 따라 쑥쑥 자라는 벼
가을이면 누렇게 익어 하얀 쌀밥 배불리 먹겠네

경천대 마루에 앉아 풍류를 즐기고
기암괴석 갑장산의 정기를 받아
영남의 인재들이 모여서 학문을 닦던
상주 고을 중심지 연악서원이 있구나

천지가 개벽한 듯
쭉쭉 뻗어나가는 도로망
어느 곳 하나 막힘이 없어라

어느 햇살 좋은 날
고향 생각 불현듯 날 때
타향을 훌훌 벗어던지고 고향으로 돌아가리라

산굼부리*

억새꽃 향기가 나선형으로 퍼진다
금지된 사랑을 하다 옥황상제에게 미움을 받은
공주는 천상에서 쫓겨나 지상으로 보내졌다

공주와 한감**의 사랑은 분화구의 깊이가 되고
넓은 산굼부리의 풍경이 되었다
비가 오면 빗물을 담고, 눈이 오면 눈을 담는다

분화구에는 뿌리 깊은 나무가 자라고
여자의 아랫도리 같은 요강 꽃이 피어난다

넓은 평원에서 한감은 사냥을 하고
말잣딸은 나무 열매를 따먹으며 평생 서로 그리워했다네

전설이 물안개처럼 피어나는 산굼부리에서
나는 긴 머리카락을 바람에 맡기고
파랑색 털스웨터에 달라붙는 억새꽃 향기를 클릭한다

구상나무 자태를 뽐내는 해거름 산책길에
고라니 한 마리가 날렵하게 뛰어간다

저 고라니는 어느 행성의 또 다른 전설일까?

*산굼부리: 제주도에 있는 분화구인데 뜻은 산신의 주둥이이다.
**한감: 한별이라고도 한다. 옥황상제의 딸 말잣딸을 사랑한 평민 남자

겨울 장미

폭풍 한설을 피하여
어둠 속의 등불처럼
붉게 피어난 한 송이 장미꽃
겨울 햇살이 내리쬐는
담 모퉁이 낮은 울타리에
더도 말고 덜도 말고
한 보름쯤만 피어서
너의 향기 나의 향기
나누고 싶구나

모진 비바람 견디어 내고
철이 지난 겨울 뜨락에
곱게 피어난 한 송이 장미꽃
훈풍이 살며시 지나간
담 모퉁이 낮은 울타리에
더도 말고 덜도 말고
한 보름쯤만 피어서
너의 향기 나의 향기
나누고 싶구나

2부

중년이라는 꽃

아직도 알 수 없는 내 마음에
당신이라는 이름을 새기기까지는
뼛속까지 스며들 수 있는
아픔과 사랑하는 연습이
필요할 것 같습니다

바람개비 도시

내 마음의 바람개비는
밀롱가*의 거리를 배회하고 있다

바람개비는 바람이 불 때만 도는 건 아니다
화려한 옷을 입은 무희가
정열의 탱고 춤을 추듯

당신의 굴레를 벗어나지 못하고
정면으로 부딪치며 돌고 있다

사랑과 죽음을 지켜낸
영혼의 울림 반도네온**

꽃잎 떨어져도
바람에 흩날리는 향기

바람 부는 빌딩 숲에서
내 귀는 두 팔을 벌리고
바람의 노래를 엿듣는다

*밀롱가: 아르헨티나 탱고 춤의 전신(4분의 2박자의 춤곡)
**반도네온: 탱고에 아주 중요한 악기

봉제산에서

쫑긋 고양이 귓불 사이로
병아리 졸음 같은 봄이 겹쳐 오면

하얀 목련 꽃잎에 김밥처럼
초록 향기 한 스푼 또르르 말아서
봄 마중 가자

오늘따라 세상이 유난히 낯설고
마음 허허로운 날

산비탈 작고 앙증맞은, 봄맞이꽃
검지로 그 얼굴이 가려진다

"나는 외롭지 않아요"
파릇한 나뭇잎 엽서 한 장 띄워 보낸다

이렇게 햇빛 화사한 봄날은
혼자라도 괜찮아

맑고 파란 하늘이
내 빈 마음을 하얗게 배경으로 칠해 주니까

먼 산봉우리에 걸린 흰 구름 비껴가는 길
커피 알갱이 풀어 마시는 봄날의 여유
"지금 이대로 좋아요"

초겨울에 핀, 개나리꽃

여름에 떠났다가 되돌아온 편지를 읽고 있어요
11월 중순에 잠꼬대처럼 개나리꽃이 피었네요
변덕스러운 당신처럼

일찍 떠난 계절은 살갗에 스미는 바람이에요
낯선 그리움으로 나는 설렙니다

시끄럽게 울어대던 매미 소리처럼
어둠 속에서 만난, 들고양이 눈빛처럼

흔들리는 당신의 미간으로 노을이 지네요
나는 그 이마 위에
구절초 꽃잎 편지를 보냅니다

먼 산에 노을로 물드는
잎사귀들의 설렘

내 삶도
자작자작, 단풍 들고 있지요

밀주

밀주를 담그는 어머니의 손이 재빠르다

고두밥을 쪄야 하고
누룩도 빻아서 넣어야 하고
항아리에 물을 붓고
아랫목에 모셔 놓아야 한다

세무서에서 밀주 조사를 나오기 전에
얼른 술을 익혀야 한다

보글보글 끓어오르는 술의 발효 소리
어머니의 애끓는 마음이 익어 간다

나의 시가 잠복기를 거쳐 발화하고 있다
발각되고 싶어서 안달이 난다

온몸으로 얼굴을 붉히며
숨겨가며

골동품에 관한 단상

어떤 이에겐 고물로 보이는 것이
나에겐 유물로 보여
골동품이라고 아낀다

어떤 이에겐 별 볼 일 없어 보일 테지만
나에겐 작품으로 보여서
신줏단지 모시듯이 깍듯하게
닦고 광을 낸다

세월이 흘러 먼 훗날
어떤 사람은 가격을 매길 것이고
어떤 이는 작품의 품격을 매길 것이다

골동품을 모으는 일은
고상한 취미이면서
고부가가치를 형성하니
이보다 더 즐거운 일이 또 있으랴

고물은 고물상으로 가지만
유물은 고물상에서도
사람의 품으로 온다

군무群舞

가창오리 떼
질서를 지키며 무리 짓는 꼬리들이
북녘 하늘로 휠휠 날아간다

떨어지는 깃털 하나,
바닥으로 추락하는 속도가 사뭇 느리다

휘청거리듯이 흔들거리며
멀어져간 창공의 이야기들
층층나무 잎사귀에 내려앉는다

화려한 군무를 추던 저 높은 곳의 시간은
무리에서 낙오되지 않으려는
필사의 몸짓

단 하나의 깃털을 털어내서
허공에 이름을 새기고
날아가는 시간의 간격, 그 틈새

아직 너에게 전달하지 못한, 첫 문장은
하늘 한 귀퉁이에 걸어 두리라

차갑고 푸른 시절의 힘찬 날갯짓
겨울 하늘을 곱게 물들인다

수덕여관

흰 구름이 둥둥 떠도는
수덕사 푸른 하늘 아래
세월을 비껴가지 못하고
남아있는 초가 한 채

선명한 목판 간판엔
수덕여관이라 새겨 있네

여승이 사는 이 산속에
그 누가 와서 묵고 간 걸까?
창호지에 남긴 달그림자

곱게 단장한 처마의 단청이
수덕사 여승의 아미보다 어여쁠까만

속세를 등진 불심
절간을 고요로 채운다

수덕여관 앞마당
오늘은 또 누가 잠시 머물고 떠나려는가?
개울 옆 커다란 나뭇가지에서
까치 한 마리 목청껏 울어 댄다

에밀레종鐘

당목*치는 소리에
성문이 열린다

허공을 헤매는 천개의 기도
천년을 울어도 다 울지 못한 울음

비천상** 선녀
두 손 모으고 중생을 위해 무릎 꿇는다

당좌***를 두들겨 음통에 부딪치는
그 소리
목 매달린 천 개의 고통

천 리 길 떠났다가
차마 떠나지 못하고 되돌아오는
소리, 소리, 소리

비워내도 가득 차는 죄업

빈 들판에서 공명으로 구부러졌다
허리 곧추세우는 직립의 소리

*당목: 종을 치는 막대기
**비천상: 천국에서 악기를 연주하고 춤을 추면서 부처님을 공양하는 천인(天人)
***당좌: 종 치는 부분

동백꽃 질 무렵

꽃잎이 붉게 피기 전까지
나는 아픔이 아름다움이란 걸 몰랐네

동백기름 머릿결에 바르고
참빗질로 곱게 빗어 내리던, 어머니
그 마음을 애써 외면하였네

동네 처녀의 머릿결만
고운 줄 알았지

이제 어쩌면 좋으냐, 어쩌면 좋으냐

지는 해처럼 불타는
어머니의 봄을 놓쳐 버렸으니

물오른 버들가지처럼
내 마음이 살랑이는, 이맘때쯤이었지

석등

초승달에 걸린
어렴풋한 당신 모습

나는 한 마리 나비가 되고 싶소

벼랑 끝 풍란 같은
청초한 그 자태

두 손을 내밀다가
호주머니에 깊숙이 찔러 넣고 말았소

부치지 못한 편지처럼
오늘도 불 켜진 석등에 찬 이슬만 내리고 있소

인맥人脈

때로는 인맥 좋은 사람이 부러웠다
얕고 연한 뿌리로
세상을 맞받아치기에는

바람 앞의 등불 같고
법 앞에 주먹밖에 없는
그런 내가 가여울 때가 있었다

세상은 내게 말하지
혼탁해지면 안 된다고

높은 산 아니어도
납작 엎드린 동산이 되어
나무를 키워내고
꽃을 피워내고

여린 꽃향기를
너에게 날려 보내고 싶어

봄

봄은 바람난 겨울이다

추위를 견디지 못해서
응달을 뛰쳐나와
양지바른 담벼락에
잠시 주저앉아
노곤한 졸음에 풀린 두 눈

하품하는 입가에
노랗게 피어난

민들레꽃

속눈썹 파르르 떨리는

소야곡

밭뙈기에서 김을 매던 어머니는
먹구름 밀려오는 하늘을 쳐다보며
맘을 졸이고 발을 동동거리셨다

배꽃처럼 풀 먹여 널어놓은
아버지의 모시 적삼이 비에 젖을까
콩밭 머리에 호밋자루 던져 놓고

마른하늘에 천둥 번개 몰려와도
배롱나무꽃 불붙는 한여름 밤에도
어머니의 세레나데는 끝나지 않았다

관능官能

저 불판의 삼겹살 육즙이
혀끝을 살살 녹이듯이
너의 뼛골에서 흘러나온
유물 같은 오감을
온몸으로 받아내고 싶다

개구리 뒷다리의
경직된 뽀얀 근육마냥
단단한 허벅지로
부푼 사지를 짓누르고
사골 우려내듯이 뽑아낸
땀으로 그대를 적시고 싶다

앞산 배나무밭에
배꽃이 하얗게 피고
아지랑이가 몽롱한 한낮에
나는 한 마리 나비가 되고
너는 한 마리 벌이 되어서
황홀한 동행을 하고 싶구나

초분草墳

죽어서 초분 하나 갖는 것쯤이야
무어 어려울까마는
땅속에 묻힌다는 것은 망자에겐
육탈이 되는 그날까지
암치暗置 되어야 하는 시간이 필요하다
겨우 하늘을 가린
이엉 한 조각과
바람을 피할 새끼줄 몇 가닥이
죽은 자의 쉼터라면
이엉에 꽂힌 소나무 가지는
산 자의 흔적이며
새들과 짐승들의 방패막이다
초분을 지어야만 했던
무녀도의 초분 1기가
초라한 모습을 보여주며
살아생전 누리던 부귀영화도
헛되고 헛되다고 한다

한번 가는 것도 억울한데
이 눈치 저 눈치 보다가
이중 장례의 번거로움을 마다하고
백골이 된 채로
해풍이 불어오는 야산 자락에
초연히 누워있는 영혼아
그곳이 저승보다 더 낫더냐

결

결은 흔적이다
살아 온 자국을 남기고 싶은
나무의 몸부림이 남긴 상처

결에 손을 대면
품격 있는 가구가 될 것이고
멋진 악기가 만들어지면
팽팽한 현을 타고
결 고운 소리가 날 것이다

내 투박한 손길에도
누군가를 사모하고
보듬어 줄 실금 같은
결이 있다는 것을
너에게 보여주고 싶어

나무의 생채기 같은 결도
인생의 굴곡진 결도

나에겐 네가
생명의 숨결 같은 것이라고
말하고 싶어

중년이라는 꽃

누가 반백이라 했던가
그 말이 칼날에 베이듯
서늘하게 내리꽂히는구나
꽃이 피고 또 지기를
얼마나 많이 했던가
그것을 발판 삼아 뚝심으로
몇 번이고 일어서지 않았던가

돌이켜 보면 꿈 많던 시절
그 꿈 다 펼쳐 보지도 못하고
가정 하나 잘 꾸리기 위해
묻어둔 세월인데
살아도 살아내어도
가야 할 길 아득히 멀고
혼자서 아파하는 뒷모습에
처진 어깨가 눈물로 들썩이는구나

멀고 먼 인생길에
태양이 붉게 떠오르듯
나는 또다시 힘을 내어
희망의 노래를 불러 보리라
낙엽이 지는 건
겨울이 오는 것이 아니라
새봄이 오는 것

그리고 꽃이 핀다는 것을

오늘은

오래간만에 비도 그치고
햇살이 눈부시게 비치는
화창한 오후입니다

길거리에는 햇살이 그려 놓은
양각과 음각의 그림자가 선명합니다

그 그림자 위에 발을 딛고
미풍에 날아가는
민들레 솜털 하나를
훅훅 불며 따라갑니다

바람과 햇살이
정류장의 피튜니아꽃을
파르르 흔들어 댑니다

참 아름다운 오후
가슴 떨리는 행복으로 다가옵니다
좋은 일만 있을 듯합니다, 오늘

내가 좋아하는 사람은

내가 좋아하는 사람은
네가 생각하는 사람과 다른 사람이다

내가 좋아하는 사람이
너였으면 좋으련만
아니라서 미안해

먼 곳에 있어도 가까운 듯하고
맛있는 걸 먹을 때 같이 먹고 싶고
네가 힘들 때 기도하고픈 너라면
내가 좋아하는 게 분명해

매일 안부를 물어 주어도 불편하지 않고
너의 관심이 감사하게 느껴질 때

나, 너를 좋아할 것 같아

스며들다

가랑비에 젖은 흙 내음이
콧속을 후비며 후두를 타고
가슴까지 스며들었습니다
거기까지 들어가는데
긴 시간이 걸린 건 아닙니다
하지만 내가 당신을
사랑하기까지 걸린 시간은
코스모스가 가을바람에
온몸을 살랑이듯이
내 마음도 그렇게 흔들리기를
수없이 반복했습니다
아직도 알 수 없는 내 마음에
당신이라는 이름을 새기기까지는
뼛속까지 스며들 수 있는
아픔과 사랑하는 연습이
필요할 것 같습니다

섣부르지 않은 기다림의 시간은
당신과 나를 이어주는
견고한 인연의 끈이 될 것입니다
그때 나는 당신의 가슴에 스며드는
하얀 나비가 되고 싶습니다

겨울을 품다

저 투박한 아낙들 손으로
겨울을 품은 굴 껍데기를 벗기면
부드럽고 말랑한 굴의 속살을 만난다

검은 마스카라를 칠한
바다의 가장자리가 철썩 철– 썩 고해성사를 한다

바다를 품은 비린내는 소문만 무성할 뿐,
마을 사내들의 주검은 흔적이 없다

입속에 들어가
무음처럼 고소하고
초장에 찍어 먹으면
사르르 녹는 굴의 맛

바닷가에서 칼바람을 맞으며, 굴을 캐고 손을 베이며
어촌 아낙들은 산더미 같은 조개무지를 만든다

아낙들은 먹먹한 가슴을 달래며
석양이 잠긴 겨울 바다를 품는다
그래야만 살 수 있다고

3부

바다에 잠들다

언제,
저 십자가를 바라보며 참회할까?

용서하지 못해서
아픈 상처

뼈 없는 닭발

뼈 없는 닭발의 조상은
닭이 먼저인지 알이 먼저인지
아리송한 명제를 가지고 있다
야생본능으로 길든 발톱은
살아있는 생명의 토양을
날카롭게 파헤치고
붉은 지렁이 한 마리를 꺼내어
마구 도리질하고 패대기치며
콕콕 쪼아서 오물오물 삼키고
영양분을 거하게 섭취했다
날이 밝아오면 홰를 치고
울대를 곧추세워
세상을 호령했던
붉은 볏을 관처럼 쓰고 있는
위풍당당한 수탉도
노랑 병아리를 군사처럼
거느리던 암탉도
일기예보에 민감했다

퇴행성관절염에 걸린
낡은 뼈마디를 제거했고
굳은살 박인 발바닥은
붉은 양념 덧옷을 입고
뜨거운 화덕 철판에서
화형식을 치르며
마비된 사지를 꿈틀거리고 있다

노을

아침 하늘에
나지막이 풀어 놓은
금빛 노을이
하루를 잘 열어가라 하고

서녘 하늘을
붉게 물들이며
지는 노을은
오늘을 편히 쉬라 한다

달맞이꽃

둥근달이 떠 오른
열닷샛날 밤
달 바라기 꽃이 피었다

누구를 기다리는지 모르지만
무심한 그 사람은
돌아올 줄 몰라라

꽃잎이 피고 지고
또 피고 지고

밤이슬에 젖은
노란 꽃 그림자
달빛에 아롱질 때

빈 술잔에 고인 눈물의 의미를
너는 아는지 모르는지

오늘 밤도 꽃은 환하게 피었는데

십자가

하늘의 별보다 더 많은
서울의 붉은 십자가

언제,
저 십자가를 바라보며 참회할까?

용서하지 못해서
아픈 상처

점점 커다랗게 자라는 십자가

나도 누군가의 가슴에
생채기를 냈었네

아픔은 누구에게나 있고
생각지 못한 허물도
누구나 있는 법인데

밤이 깊어 가면
더 붉어지는 십자가 불빛

검푸른 새벽하늘
식어 버린 영혼의 불빛

내게 상처 준 너를 위해
떨리는 목소리로 기도할게

무덤을 파다

천 길 낭떠러지로 떨어지는 것보다
더 무서운 건 땅속에 묻히는 일이다

험한 인생 살다가 말없이 가는 세상의 저편
나는 가고 너만 남아서 슬픔을 악물고

넘어가는 고갯길을 아래로 또 아래로 걷는다
걷다 보면 올라가는 것보다
내려가는 것이 더 힘겹고 후들거리는
일이란 것을 안다

사람이 제 무덤을 파지만
덮어 줄 사람은 따로 있는 법
허물을 덮어 줄 고마운 인연에게
미리 한 줄의 글을 남기고 싶다

먼데 동이 트고 하루가 햇살로 다가오면
우린 해넘이가 올 때까지 땅을 파고 일구겠지만
눈에 흙이 들어가는 날까지도
제 무덤 스스로 파지는 말라고

바지랑대

하나는 외로워 둘이라는데
빨랫줄도 외줄이요
바지랑대도 외다리구나

서로를 보듬는 날들이 많아질수록
깊어지는 둘만의 어울림이
연리지처럼 한 몸이 되었네

축 늘어진 빨랫줄이 거슬려서
벌목하는 날 찜해 온 막대기 하나
마당 한가운데 버팀목처럼 버티고 서서

흔들리는 바람결에
옷가지들을 말리며
어머니와 따뜻한 동행을 하고 있구나

나이테를 그리지도 못하고
마르고 말라서 야윈 모습
홀로 외롭고 적적한 생

제3의 눈

눈 부신 태양의 빛살이 번지는 방향을
아마간* 너는 보았니?

보이지 않는 것을 만지고 그리며
세상을 바라보던 혼자만의 뜰에서
궁금증을 자아내는 뇌의 구조와
과학적 증명이 필요해서
러시아산 대구탕의 고니를 오물거리며
뇌의 부드러운 살결을 은밀하게 즐긴다

산다는 것은 어둠 속에서 빛을 만나는 것이다
눈을 뜬 사람이 살아가기는 다소 쉬워 보이고
그렇지 못한 사람은 왠지 가여워 보여서
어설프게나마 마음이 가는 것이다

하얀 지팡이를 두드리며
검은 안경을 밤낮없이 끼어도 어색하지 않은
제3의 눈을 가진 사람들은 얼마나 될까?

변장술에 능한 공작 사마귀처럼
뇌의 어디엔가 숨어서 세상을 잘도
관찰하고 있을 제3의 눈 송과체
비밀번호가 해제되는 날
어두운 삶의 터널을 지나가리라

*에스레프 아마간: 미국의 맹인 화가

엄마가 되고 보니

하늘 같은 지아비도
자식 낳아 길러 보니
뒷전으로 밀리더라

아들아 딸아
나도 그땐 몰랐다
어머니의 지극한 마음을

손마디 굵어지고
얼굴엔 주름살이 생겨도
마음만은 꽃밭이란 걸

지아비 섬기지 못한 마음
평생의 한이 될지라도
어머니는 그렇게 우리를 길렀다

도공의 손길

어느 장인의 숨결이
저리도 도도할까?
화마가 그려낸 상처가
옥빛 찬란한 꽃을 피워내고
용트림으로 틀어 올렸구나

모란꽃은 땅에서 뿌리를 내리고
용은 여의주를 물고 하늘로 갔다지

연적에 먹물을 담으면
화공의 손끝에선
진경산수화도 그려지고
화조도도 그려지고
겸재도 만나고
신사임당도 만나는 거겠지

마음 한 귀퉁이를 비워놓고
가마 속에서 익어가는
뜨겁고 아린 사랑만을
간절히 소유하고 싶다

봉숭아

장독대 돌아서
뒷간 가는 길까지
봉숭아를 심은 건 할머니셨다
대궁에 물이 오른 줄기들은
튼실하게 가지를 쳤고
잎이 무성하게 자라면
이파리를 따냈다
붉은 꽃들을 점점 피워내면
예쁜 꽃잎을 따서
풋 돌을 주워 다가
척척 으깨어 놓고
손톱에 꽃물을 들여야겠다
백반을 섞어 처맨 손가락마다
첫눈을 기다리는 꽃물이 들겠지
소녀의 가슴에 첫사랑이 남고
할머니의 가슴엔 그리움이 남는다

목선木船

바다로 나가지 못한
목선 한 척이
동궁 월지를 배회하다가
노랫가락에 젖은 술잔처럼
달빛에 취해
연못 속으로 가라앉았네

꽃 그림자 물빛에 반한
취객들도 떠난 지 오래고
주인 잃은 목선도
세월을 견디지 못한 채
부식되어만 갔네

바다를 질주하지 못한 채로
박제된 짐승처럼 드러누워
천년 세월만 헤아리는 너는
어느 시대의 뼈저린 유물이더냐?

뒷담화

눈 내리는 겨울날
아랫목 이불 속엔
꼼지락거리는 발가락

코바늘 뜨개질을 하며
세상 돌아가는 얘기를
도란도란 나누었지

한 코 한 코 뜰 때마다
늘어나는 얘깃거리가
어찌나 구수하고 맛있는지
실타래 풀 듯 풀어냈지요

뿌연 굴뚝 연기가
한 집 두 집 피어나고
동네에서 젤 예쁜 옥희가
집으로 돌아갔다

예쁜 것도 죄가 되느니
나무 도마에 오른 옥희는
다짐육처럼 낭창낭창하게
난도질당했다

잘 난 척하는 순이가
곁눈질로 눈치를 보지만
일어서지를 못하고
밤이 깊어만 간다

박제

죽은 후 삼천 년이 되면
살아 올 것을 기대한 시체들이
환생 되지 못하고
멤피스 지역 지하에서 발견되었다

박제가 된 인간을 찾아서 헤매던
발굴단의 끝없는 노력의 대가로
굳은 몸뚱어리의 신비를
세상 밖으로 꺼내 주었다

하얀 수의를 입은 주인의
비밀이 궁금하다

인형 조각 우샤티브
장기 보관함 카노푸스
미라 제작용 오일이나
계량컵은
역사적 횡재다

누트*가 그려진 제사장의 가면이
무대 위에서 축제를 즐긴다

박수갈채가 터져 나온다

*누트: 죽음과 부활의 신 오시리스의 어머니

커피

혀끝에 감도는
쓰디쓴 맛을 내려고
적도의 태양은
그리도 뜨거웠단 말이더냐

커피나무 열매가 익어가면
머릿수건 동여맨
에티오피아 여인의
바쁜 손길이 커피 열매를
앞치마 가득히 담는다

신이 내린 선물
커피 한잔을 마시기 전
검은 물빛에 젖고
향기에 취한다

블랙커피 한 잔을 주문한다
삶이 향기로 물드는 시간이다

늙은 호박

사랑채 시렁에
턱 걸터앉은
늙은 호박 한 덩이
참 농濃익었구나

지난겨울 익혀 둔
고슬고슬한 두엄
두어지게 쏟아붓고
호박씨를 하나씩 꽂았지

모든 시름을 잊은 듯
뻗어 가는 덩굴손
엉덩이만 한 누런 호박

여기도 저기도
뽀얗게 분이 오른
늙은 호박들이
속닥속닥 호박씨를 까고 있다

능소화 2

오는 길 가는 길에
눈 마주치며 웃네

연한 모가지를 뚝뚝 떨구며
쓸쓸히 낙화하는 능소화

담장 너머 세상보다도
내 안의 설움이 더 북받치고 컸을
무심한 사랑

어사화, 어사화
피어나라, 어화둥둥 내 사랑

부석사浮石寺

봉황산 자락에
도 닦는 마음으로 계단을 오르면
천오백여 년 전의 역사가
섬광처럼 펼쳐진다

나는 어디서 와서 어디로 가는지
깨달음을 얻으려고
아미타불에게 빌고 또 빌었다

무량수전 앞의 석등에는
의상대사와 선묘의 사랑이 전설로 남아있다

죽령을 넘어온 걸까?
범종루에 걸린 목어 한 마리가
바람에 젖은 꼬리를 흔들며
빛바랜 역사를
공손하게 적어 내린다

바다에 잠들다

죽어서도 나라를 지키겠노라고,
파도에 뼛가루를 묻은 사내가 있다

물수제비를 던진 건
어쩌면 당신에게로 향한
돌팔매질이었는지도 모릅니다

파도에 부대끼며
남몰래 흘린 눈물은
깊은 바다를 이루었습니다

오직 하나의 신념이 이루어낸
돌무덤 하나가
해신처럼 솟아 있습니다

단풍

단풍이 타들어 가는
붉은 가을날
나는 당신에게
엽서 한 장을
아니, 낙엽 한 장을
띄워 보내고 싶습니다
우리의 사랑은
어디까지 붉었냐고

라일락꽃

대문 안에 누가 사는지가
궁금한 건 아니지만
발걸음을 멈추게 한 건
다 네 탓이다

담장을 버젓이 넘고서
저리도 여린 꽃을 피웠을까?

잡힐 듯 잡히지 않는
꽃가지를 나는 그만
어찌해야 할까요?

까치발 세우고
꽃에게 물어보지만

대답보다도 진한
향기만 보냅니다

4부

아픔보다 더 큰 그리움

마지막 남은 힘을 다해
용기를 내 보는
자존심 상실의 순간

"부탁해"
이 말 한마디가
참 쉬웠으면 좋겠다

들길에서

청보리 알알이 여무는
오월의 들길을
언니와 손잡고 걸었습니다

흘러가는 구름에
목화솜 한 송이를 그려 넣고
종달새의 음표를 그렸습니다

가도 가도 험한 그 길에
발길에 차이는 건
잡초뿐이지만

가다가 놀다가
가다가 놀다가
하루해가 저물었습니다

밭 모퉁이를 돌다가 만난
물오른 찔레순은
허기를 달래 주었습니다

찔레꽃 그늘에는
꽃뱀 같은
전설은 없었습니다

자화상自畫像

살아온 날들은 한 편의 드라마,
살아갈 날들은 희망이다
산다는 것은 외로운 것
어떻게 사느냐가 더 커다란 숙제다
사람마다 성향이 달라서
사는 방식도 다르다
풍족하게 사는 것도
부족하게 사는 것도
인생의 의미란 것을
어찌 모르겠는가?
잘났거나 못났거나
숨 쉬고 살 수 있으니
감사한 일인 것을
눈높이를 맞추고
진실을 말하고
올바른 것만 들으며

건강하게 산다면
축복이리라
살아가는 일이 때로는
험할지라도
살아온 날들이 있어
도움이 되리라
사는 날까지
부귀영화는 아니더라도
마음 편하게 살고 싶네

비에 관한 단상

흙냄새 물씬 풍기는
봄비가 내리는 날은
화단에 꽃 한 포기 심어야겠다

비가 자주 내리는 날에는
동동주에 파전 하나면
온 동네가 고소해지네

오락가락 비가 내리는 늦여름
먼 산 나뭇잎은 붉게 물들고
떨어지는 사과 한 알에도 가을은 익어

빈 들판에 바람이 불면
비에 젖은 참새 한 마리
어느 하늘 아래 깃들까?

처마에 듣는 낙숫물
긴 밤을 지새우는데
파인 내 마음을 어이 할까?

햇살

눈 부신 햇살을 바라보며
당신의 미소를
내 맘에 가득 담습니다

밤엔 달 같고
낮엔 해 같은
당신의 마음을
아주 많이
아주 오래도록 간직하렵니다

이런 나의 마음을
당신은 알까요?

홍도에 가면

해질 무렵이면
섬은 붉게 물들었다

바람과 파도가 조각한
붉은 벼랑 끝엔
손 타지 않은 석곡石斛* 한 떨기
섬을 떠나지 못하고 있었다

우거진 구실 잣 밤나무**
노랗게 핀 봄날
애끓는 연리지
불거진 거시기 내음이
비릿하게 섬을 뒤덮었다

뱃고동은
물살을 가르는데
갈매기 떼
푸른 바다 붉은 섬을
파닥거리며 지키고 있다

석공의 손 같은 파도는
붉은 절벽에
파이프 오르간을 연주하며
세례식을 한다

*석곡: 난초과의 여러해살이풀
**구실 잣 밤나무: 홍도에 있는 밤나무의 일종

왜목마을에서

누가 다녀갔을까?
바닷가 모래밭에
수없이 남기고 간 발자국

모래에 새긴 발자국은
파도에 씻기고
내 마음에 새긴 발자국은
영원히 각인 되었네

바다 입새에 왜가리 목을
우뚝 세워 놓고
새들과 살아가는 사람들

괜스레
떠나지 못하는 내 마음이
발목을 잡는구나

석양에 지는 물그림자
파노라마를 그린다

바이올린을 켜다

자작나무 숲속에는
톱질하는 소리가 들린다
현을 뜯고 지나간
활의 발바닥이
따갑고 아프다
음통을 통해서 울려 퍼지는
당신의 독백을 읽는다

해빙기解氷期

이때라고
여기저기서 아우성친다

하이에나처럼
붉은 피와 하얀 뼈가
드러난 살점을
갈기갈기 물어뜯는
날카로운 송곳니가 무섭다

수치심과 분노는
참을 수 없는
생의 어두운 장면이다

여론몰이에
죽을 듯이 나는 아니라고
소리쳐 보지만
맺힌 핏자국은
혼자서 힘겨워라

할퀴고 간 상처들에게
축제처럼 들이대는
카메라 셔터가 번쩍인다

더 늦기 전에
얽힌 매듭을 풀어야겠다

꽃길

두 줄로 난 길이 꽃길이다
그 길은 선명하고 멀리 간다
어머니는 늘 그 먼 길을 걸어서
물을 길어 왔고
그 길엔 늘 조금씩 흘린
어머니의 눈물이 있다
먼 곳에서 행복을 찾지 마라
저 마른 땅 위에 피어 있는 꽃을 보아라
새들도 먹을 것을 걱정하지 않고
꽃들도 입을 것을 걱정하지 않는다
주어진 길을 걷다 보면
아무도 걷지 않은 꽃길을 만난다

돌의 미학

임진강에 가면 쓸 만한 돌멩이가 많다
사람들은 그것을 찾으려고 날마다 온다
어떤 것은 사람의 얼굴을 닮고
또 어떤 것은 산수화를 그려 놓은 것도 있다
내가 찾던 보물을 만나는 날은
세상이 더 크고 환해 보인다
어쩌면 저리도 섬세하게 주름살 하나까지도 그렸을까?
색깔을 입힌 바람과 선의 부드러움을 그린 물결은
신神이 아니고서야 할 수 없는 일
그것을 품을 줄 아는 사람도 신神일 거야

속초에서의 하루

영랑호를 바라보았다
속초 바다에서 흘러들어 온 푸른 파도와
청둥오리가 파헤쳐 놓은 물거품과
바람 소리가 잔잔한 물결을 만들고
산불에 데인 나무들이 아프게 서 있다

내비게이션을 찍고 아바이 마을로 간다
갯배가 다니는 선착장엔 낡은 쇠줄을 당기는
사공의 굵은 손마디와 주름진 얼굴이
온종일 벌어들이고 있는 오백 원짜리는
날마다 하는 일이다

거친 손등으로 내놓는
놀래기 회 한 접시와 소주 한잔으로
하루를 달래는 동명항의 저녁
저 건너편 영금정靈琴亭에서
쏘아 올린 폭죽, 풍어제 올리는 소리

걱정 인형

둘째 딸이 걱정 인형을 만들어 주었다
아직도 장롱 서랍에 보관되어 있는데
버리지를 못한다

TV를 보다가
아프리카 잠비아의 아이들이 가슴으로 들어온다
사람이 저렇게도 살아갈 수 있구나

먹을 것이 없어서 굶는 것이 일상이고
마실 물이 없어서 오염된 물을 마셔야 하는 아이들이
엄마 없는 하늘 아래에 살고 있다

걱정 인형은 저 아이들에게 꼭 필요한 것 같아
전화기 버튼을 누른다
걱정 인형이 웃는다

장미의 계절

태양이 눈 부신 날에는
장미가 익어 간다
장미의 겹으로 기어가는
무당벌레 한 마리가
나보다 먼저
꽃을 점령했다

돈

돈벌레를 만나는 날은
왠지 기분이 좋다
어디선가 좋은 일로
주머니가 두둑해질 거 같다
휘파람을 불며
밖을 나간다
해야 할 일이 쌓여있다

다른 사람들은 어떤 숟가락으로 밥을 먹을까?

금수저, 은수저, 흙수저…
나는 스뎅 숟가락 하나만 갖고 산다
아버지도 목숨 수壽 자 새겨진 숟가락 하나만 가지고
평생을 불평 없이 사셨다
어머니의 찬장에는
아버지의 숟가락이
돈보다 귀하게 남아있다

산과 사람들

산은 산을 좋아하는 사람을 데려갔다
그런데도 사람들은 자꾸만
베일에 싸인 산을 찾아서 간다

높은 산을 올라가는 호흡은 깊고
굴곡이 많은 산일수록 계곡이 깊어
근육이 점점 뭉치고 당긴다

어릴 적 나는 아버지의 지게에 올라앉아
뿔 두 개를 꼭 잡고 산을 정복했다
자라면서 아랫마을을 향해 반항하듯이 소리를 질렀다

산은 가만히 엎드려 있는 것만은 아니다
숲에는 뱀이 기어 다니고 늑대가 울어대고
산새들이 지저귀며 야생화가 곱게 피어 있다

산은 숨을 쉬기 위해서 안간힘을 쓰고
뜨거운 불로 폼페이를 삼켜 버리기도 했고
숨이 막힌 사람들은 박제가 되어 웅크리고 있다

억새꽃이 바람 부는 방향으로 일렁일 때 편안해 보이듯이
당신이 내게 손을 내어 줄 때 나도 행복해진다
그러면 산도 우리에게 봉우리의 모습을 보여 준다

아픔보다 더 큰 그리움

너를 보내지 말았어야 했다
보내고 나면 잊혀질 줄 알았어
백매화가 찬바람에 떨며 피던 날
낯선 도시의 허름한 공간에 갇혀
울고 있는 모습을 보지 말아야 했던 거야
도시로 가면 다 잘 되는 건 줄 알았던 건
경험하지 못한 막연한 환상이었어
밥상에 수저 한 벌만 놓는 건
쉬운 일이지만
그리움은 물에 말은 밥도
목을 넘기기가 껄끄럽지
뒤축이 닳은 삼선 슬리퍼가
가지런히 놓인 현관
온기 없는 방 한쪽에
빨간 장미 화병에 가득 꽂아 놓고
네 생각으로 가슴을 적신다

부탁해

얼마나 망설였을까?
심장을 타고 나와 목구멍에 걸리는
그 말을 꺼내기까지는

마지막 남은 힘을 다해
용기를 내 보는
자존심 상실의 순간

"부탁해"
이 말 한마디가
참 쉬웠으면 좋겠다

은장도

칼은 남을 해칠 때 사용하지만
은장도는 자신을 지키기 위해 사용한다

불에 단련하여 문양을 만들고
고운 빛깔을 입혀서
장신구로 만들었다

고쟁이 속에 품었던 사랑은
정절을 지키기 위해서
칼을 꺼내야 한다

장인匠人은 여자를 위해서 칼을 만들었고
여자는 저항하기 위해서 칼을 품었다

짧고 선명한 감성적 문장과 독특한 개성,
향토적 아이덴티티가 주는 긍정 에너지

이인선(시인, 문학평론가)

해설

짧고 선명한 감성적 문장과 독특한 개성,
향토적 아이덴티티가 주는 긍정 에너지

이인선(시인, 문학평론가)

김현숙의 시에는 짧고 선명한 감성적 문장과 카타르시스를 느끼게 하는 독특한 개성과 시인의 향토적 아이덴티티가 주는 긍정 에너지의 힘이 녹아있다.

김현숙의 시에는 뛰어난 학자와 시인을 배출한 상주의 향토적 순수와 강직함이 문장의 행간에 녹아있다. 시적 배경이 된 고향 상주의 흙의 DNA에서 파생한 언어의 러너 줄기들의 소소한 집합체가 즐거움을 준다.

그의 시는 톡톡 튀는 개성과 고향의 자연과 어머니, 초록색이 희망과 생성 에너지를 분출한다.

1

김현숙의 시는 타고난 시적 감성과 끼를 지니고 있다. 연애 감각이 있어야 시의 이미지가 달콤 쌉싸름한 미각을 풍긴다. 김현숙의 「꽃의 전언」은 감성의 요철을 부드럽게, 뜨겁게, 날렵 하게 구부린 언어 감각이 이미지의 음각과 양각을 한다.

알스트로메리아, 꽃말은 새로운 만남이야

농장주들은 봄을 기다리고 꽃집 주인은 졸업 시즌을 기다리고 당 신은 나의 숨은 향기를 꺾고 싶어 하지 경매인들은 사랑의 상향 가 낙찰을 기다리지만, 간혹 몇 차례씩 유찰되는 봄은 꽃 가위로 잘근잘근 향기를 거세당했어

당신은 거짓 유혹을 엉거주춤 못 이기는 척, 눈감고 넘어가다 낭 패를 당한 시즌이 있다고 하셨나요?

어린 날 이웃집 할머니 꽃상여가 나갈 때, 습자지로 만든 하얀 꽃 송이가 목에 가시처럼 걸려 눈물이 났다는 당신 몸이 달아서 꽃 들이 향기를 이식하고 싶어 하네요. 사랑이 별건가요? 느낌의 경 계에서, 문밖과 문 안의 감정을 희롱당하고 싶은 설렘이지요

꽃향기 흩날리며 내 꽃의 중심을 부풀리고 있어요
내 몸의 언어를 터치해 주세요, 당신께 낯선 떨림을 충전해 드릴 게요.
─「꽃의 전언」 전문

위의 시는 상상력의 비약이 감성 세포의 눈물과 열정을 증폭 시킨다. '알스트로메리아– 어린 날 이웃집 할머니 꽃상여에 매 달린 하얀 습자지 꽃– 내 꽃의 중심– 당신에게 낯선 떨림을 충 전해 주고 싶은 욕망'으로 구조화된 변이되는 감수성은 시의 필요충분 요소인 '끼와 측은지심, 욕망'을 관통하고 있다.

삶에서 라깡의 욕망이론을 빼면 생의 생명 의지가 거세된다. 욕망은 생산의 근원이며, 예술의 모태다. 김현숙의 시는 젊은 감각과 노인의 감각, 도회스러움과 시골스러움을 동시에 간직 한 통합적 경향을 나타낸다.

그 힘을 향토적 순수와 고향의 자연에서 얻은 솔직함과 건강 함이 주는 열정이다.

아래 시도 욕망을 터치한 문장이 화폭에 그린 그림처럼 현란 하다. 화가와 모델의 이상야릇한 감정이 누드화의 하얀 속살처 럼 향기롭다.

설원의 햇살처럼
눈부신 속살의
부드러운 질감과
절제된 명암을 읽는다

여우 꼬리 같은 붓으로
그 여자의 옷을 벗겨내고
그 남자의 옷도 벗겨냈다

부드러운 손끝으로
여자의 우윳빛 살결을
남자의 구릿빛 근육을 입혔다

여자의 곡선 안으로
붉은 심장을 그렸고
남자의 근육 안으로
단단한 뼈마디를 넣었지

모델과 화가
관계의 거리를 가늠해 본다

뭉클한 욕정 慾情은
도화지 가득
혈흔처럼 스며들고

—「누드화」 전문

　위의 시는 봄의 간지러운 느낌과 여름의 욕정이 넘실댄다.
모딜리아니와 모델 잔느처럼 화가와 모델은 벌거벗은 영혼이
서로 만나 영육의 대화를 나눈다.
　불붙든지 냉정해지든지 남녀의 관계는 잠을 자 봐야 결정난
다고 한다. 냉정과 열정 사이, 그 경계를 허물어뜨리는 각각의
은밀한 상황들은 찰나적으로 존재할 것이다.
　2연의 '여우 꼬리 같은 붓으로/ 그 여자의 옷을 벗겨내고/ 그

남자의 옷도 벗겨냈다' 부분을 주목하여 보자. 화가의 순간의 찰나적 스케치와 채색은 모델의 몸을 새로운 빛과 색으로 싱싱하게 재창조한다. 화가의 숨소리와 손의 떨림은 모델에게도 전달된다.

짧은 시어들은 과감하게 화가와 모델의 욕망을 발굴하고 있다. 김현숙의 열정과 욕망은 화가와 모델에게 투사되었다. 무의식의 의식화 작업이시다. 상상력의 객관화는 문장에 산소를 공급하여 생생하고 신선하게 한다. 시는 시인 자신이다. 프로이드의 방어기제인 투사를 재현한 작품성이 도드라진다.

김현숙의 시에는 솔직함과 자연주의, 건강함이 처녀림처럼 녹아있다.

2

김현숙의 시는 짧고 명쾌함을 지향한다. 시는 더하기가 아니다. 빼기와 삭제를 통하여 문장이 강화된다. 시적 긴장감이 증폭된다. 그 행간에 수많은 이야기를 숨겨 놓고 새로운 해석적 이미지를 생산한다.

누가 허공에
등 하나를 달았을까

소나무에 걸린 갈바람
학이 부리로

등불을 켜는구나

—「달」전문

위의 시는 서정주의 「동천」을 연상시키는 함축미가 도드라진 작품이다. 1연에 집중하여 보자. '허공에 매달린 등'은 진리와 달관의 경지를 체득한 최고의 경지다. 등은 숭배의 대상이며, 지혜의 극점이며 꼭짓점이다.

'누구'로 지칭되는 대상은 신이거나 초월자를 상징한다.

2연 '소나무에 걸린 갈바람'은 십장생인 소나무의 푸르고 청정한 생성 이미지와 '갈바람'의 사멸이지가 대조적으로 경합적으로 맞선 문장이다. 소나무와 갈바람은 이성과 감성이 대립된 문장이다. 생성하는 사철 이미지와 쇠락하는 가을 이미지의 대조법이다. 짧은 시구가 큰 의미화 영역으로 확장된다. 여러 방향으로 확장되어 해석되는 문장은 좋은 시의 필수조건을 충족시킨 문장표현 기법이다.

3연을 살펴보자 '학이 부리로 등불을 켜는' 상황은 상서로움의 극치를 나타낸다. 학과 소나무는 십장생으로 장수와 고귀함, 선비의 기개와 절개를 표상한다.

위의 시 「달」은 3연 5행의 짧은 시로 우주의 삼라만상과 인간의 삶의 의지와 전환점을 상생 이미지로 표상화하고 있다.

서울 지하철 스크린 도어에 게재하여 전시하면, 짧은 시간에 시민들에게 힐링과 감동을 줄 좋은 시다.

3

　일탈은 시인이 시 창작을 하는 과정에서 감정의 카타르시스를 경험하는 유일한 출구다. 아리스토텔레스는 시의 역할을 '카타르시스'라고 정의하였다. 그 일탈의 카타르시스를 느끼기 위하여 시인은 시를 배설하고 독자들은 시를 함께 향유한다.

지난봄에 연둣빛 싹이 돋았을 때
얼른 이파리가 자라기를 바랐습니다
그 넓은 잎들이 바람에 일렁일 때
더위에 지친 내 이마의 땀방울을
슬쩍 훔치고 지나갔습니다
그리고 가을이 오고
잎들은 울긋불긋 단장하지요
낙엽이 후드득 떨어지면
내 심장에 사랑이라는
주홍글씨를 새깁니다
빨갛게 물들어서
더욱 간절한 목마름으로
하얀 겨울나무의
떨어지지 않은 잎새처럼
부질없는 미련을 떨고 있습니다

—「낙엽」 전문

위의 시에서처럼 시인의 감정은 시도 때도 없이 절절한 '주홍글씨를 새깁니다'(10행) 그러나 시인의 이성은 '부질없는 미련을 떨고 있습니다'(15행) 라고 일탈을 꿈꾸는 자아를 자학하며 냉정한 해석적 시각을 요구한다.

사각의 모니터의 환상의 시 창작 공간에서 시인은 마음껏 시적 자유를 구상하며, 상상력의 비약을 하고, 자폭의 나르시시즘적 감정에 빠지기도 한다.

그러나 이내 냉정한 현실세계로 회귀하여 자조적으로 환멸을 느끼게 된다. 부질없는 짓이라고 이성은 경계경보를 울린다. 상담심리치료의 직면 화 단계를 체험하는 것이다. 위의 시에서 시적 화자의 자아는 자학적 마조히즘으로 사랑의 판타지를 억압하고 있다. 시를 쓸 때마다 시인은 이성과 열정 사이에서 과도한 줄다리기를 한다.

김현숙의 문장은 과감하게 직설적이다. 고향의 영강穎江 줄기처럼 전진하고 후퇴가 없다.

아래 시 「차 한잔하실래요」라는 대표적인 연애 시다. 그러나 시가 품격을 유지하는 것은 김현숙만의 장치를 마련하였기 때문이다. 연애 시다. 자칫 감상주의로 흐르기 쉬운데, 아래 시는 부부 갈등, 가족 갈등, 인간사 갈등을 종교의 힘에 의지하여 해결하려 한다. 문학에서 종교와의 합일은 대부분 심심하거나 싱거운 결말을 만든다. 그러나 아래 시는 마지막에 도발하며 끼를 부린다.

비 내리는 명동거리를
쓸쓸히 걷다가
뭐니 뭐니 해도
명동성당에 가면
빈 가슴 채울 것 같아서
우산 위로 떨어지는
빗방울 소리 들으며 가는 길
굳게 닫힌 문을 살며시 열고
성호를 긋는다
가시관을 쓴 예수와
성모 마리아의 고통을 생각하며
작은 고통은 지워버린다
언젠가는 돌아갈 곳이 있는
나의 천국을 그리며
또 힘을 얻고 뒤돌아 나온다
비는 여전히 내리고

나는 전화를 걸었다
차 한잔하실래요?

―「차 한잔하실래요」 전문

시인은 시의 공간에서 어떤 연애질과 끼를 부려도 무죄다.
위의 시 「차 한잔하실래요」는 시적 화자의 심리적 2중 구조를
그리고 있다. 가정적이고 종교적인 현숙한 아내와 연애를 하고

싶고 일탈을 하고 싶은 끼를 발산하고 싶은 욕구를 가진 시인의 갈등 구조를 한 시에 동시에 그리고 있다. 야릇하고 모호한 시적 감상주의에 빠지고 싶어한다.

시인은 자신의 현실의 아내와 남편을 외롭게 하는 사람들이다. 시 외의 모든 상황을 영원한 관망자로 몰아 내버린다. 그 대가는 부부관계의 단절이다. 비현실적 판타지에 오랜 시간 노출되면 시인은 자신의 현실을 비참하게 고립시킨다.

시인들이여, 그대 감정의 죄를 조금만 허용하기 바란다. 플라톤이 말한 시인 추방론을 상기하기 바란다. 허상의 시에 실상인 현실을 매몰시키면 죽음에 이르는 고독한 환상주의자가 된다. 고독은 시적 배경이지만, 슬픔과 거리 두기를 하고 객관화하여야 좋은 시를 생산한다. 라깡이 말한 자아의 타자화 이론이다. 시적 자아가 감상주의에 빠지면 저급한 감상주의 토로 시가 생산된다.

그러나 김현숙은 연애의 배리성과 종교성을 교묘하게 버무려서, 적나라한 연애 감정을 교묘하게 장치하였다. 숨겨진 끼와 진정성이 감정의 롤러코스터를 타며 밖으로 분출되고 싶어한다. 시의 내피와 외피의 2중 구조를 실현하여 작품성이 도드라진 시로 재현하였다. 김현숙의 시는 짧고, 솔직하고, 직선적이다.

4

가족과의 갈등과 왜곡, 상처는 시인을 배출하는 시적 배경이
다. 유년기의 부모와 형제간의 갈등, 부부 갈등, 자녀와의 갈
등은 시인의 정신을 고갈시켜 정서를 불안하고 긴장하게 만든
다. 스트레스가 배가될수록 시인은 날카롭고 예민해진다. 그
감정은 새로운 시적 이미지와 낯설고 먼 언어들을 결합하여 낯
설게 하기를 실현한다. 뇌가 늘 깨어 있게 긴장하지 않으면 작
품성 있는 시적 완결 미를 기대하기 어렵다.

입술 옆에 붙은 밥풀 하나를 보고
당신에게 몹시 화를 냈습니다
앞으로는 밥상머리에서
식사 중 간간이
입술을 훔치라 했지요
그 말이 지금에 와서
내 목구멍에 걸립니다
당신과 내가 견디는 세월이
밥풀떼기 같은 무감각이었음을
이제는 가슴으로 전하고 싶습니다

말을 접고 침묵하는 연습을 합니다
상처 주는 말은
거기까지만
　　—「밥풀떼기」 전문

남편과의 거래는 공정하고, 정직하고, 강한 유대로 연결되어 있어야 부부관계가 화기애애한 강한 유대를 갖는다. 부부관계는 '주고받기'가 정확하지 않으면 한쪽이 소외감을 느낀다. 그 결과는 소외감과 결핍감을 느끼는 당사자가 손해를 입는 결과를 낳게 된다. 보증을 서든지, 비밀연애를 하든지, 상대방에게 상처를 주는 결과를 만든다.

부부관계는 이기적인 관계다. 그 거래는 20년 30년 주기로 역할이 바뀌기도 한다. 당한 배우자는 반드시 감정적으로든 경제적으로든 정서적으로든 앙갚음을 한다. 남자는 모르는 척 뒤에서 여자가 관리하여야 한다. 아내는 남편의 보살핌과 보호받는 평안한 느낌이 없으면 외간 남자에게 시선을 돌린다.

신혼 때는 다름 때문에 매력을 느끼지만, 부부 권태기에는 그 다름이 싫어 이혼한다. 노년기 부부의 일상이 가감 없이 적나라하다. 김현숙의 시는 미사여구가 없다. 고향 상주처럼 직설적이고 문장이 짧다.

「밥풀떼기」는 어느 집에서나 노년기에 만나는 밥상 풍경이다. 김현숙의 시는 따뜻함이 있다. 대중이 이해하기 쉽고, 감동을 주는 대중적인 요소가 있다. 현란한 기교를 이기는 진성성의 힘이 있다.

딸은 시집가서 아기를 낳아보면 엄마 마음을 안다고 한다. 아래 시는 늙은 어머니에게 보내는 늙은 딸의 연서다. 딸이 그 어머니의 생을 그대로 겪은 뒤에 철이 들었다는 반증이다.

건 우럭을 찜 쪄서 내놓으니
때깔만 봐도 눈이 행복하다

왼손잡이 젓가락질로
가운데 토막의 살점을 발라내니
쫄깃한 하얀 살결이 뭉텅 올라온다

입속엔 군침이 가득 돌고
매콤 짭조름한 양념 냄새가
입맛을 확 당긴다

늙은 어머니가 보내온 흰쌀밥을 지어 놓고
숟가락을 뜨지를 못한다
5남매는 모두
어머니의 식객일 뿐이다

어머니의 하루는 하루가 아니다
하루를 이어 덧댄 하루가 발효되어 시큼하게 익어간다

나의 안녕한 오늘은
어머니가 어제 안녕을 반납한 압축된 공백이다

—「식객」전문

늙은 어머니가 고향에서 혼자 쌀농사를 지어 보내주는 쌀은 쌀이 아니다. 무릎이 닳고, 연골이 닳고, 흰 머리털이 만든 노동의 산물이다. 오로지 자식에게 보내주려고 짓는 쌀농사다.

흰쌀밥은 사랑이다. 뭉클 감동이 밀려온다. 늙은 어머니가 살아있음은 축복이다. 요즘 캥거루 부모가 늘었다. 한 자녀를 두면서 손자녀 양육까지 도맡아서 한다. 자신의 노년기를 반납하고, 여행과 행복을 반납한 희생의 전후 세대다. 부모에게 최대의 효도는 '자녀의 얼굴 보여주기'다. 자녀의 웃는 얼굴을 직접 대면하는 것은 어머니에겐 흰쌀밥이다.

위의 시에는 김현숙 시인의 고향을 향한 내면의 아이덴티티가 살아있다.

어머니의 손은 죄를 저질러도 밉지가 않고 용서된다. 그 이유는 어머니는 가족의 희생제물이기 때문이다. 예전에는 밀주를 담그는 행위는 위법 행위라서 불시에 행정관청에서 조사를 나왔다. 예외 없이 여러 집들이 밀주를 숨기고 온 마을이 난리가 났다.

밀주를 담그는 어머니의 손이 재빠르다

고두밥을 쪄야 하고
누룩도 빨아서 넣어야 하고
항아리에 물을 붓고
아랫목에 모셔 놓아야 한다

세무서에서 밀주 조사를 나오기 전에
얼른 술을 익혀야 한다

보글보글 끓어오르는 술의 발효 소리
어머니의 애끓는 마음이 익어 간다

나의 시가 잠복기를 거쳐 발화하고 있다
발각되고 싶어서 안달이 난다

온몸으로 얼굴을 붉히며
숨겨가며

—「밀주」 전문

위의 시는 어머니의 밀주가 익어가는 과정과 숨기는 행위를, 시인이 시를 쓰고 발효시키는 과정으로 치환하고 있다.

'고두밥을 쪄야 하고/ 누룩도 빻아서 넣어야 하고/ 항아리에 물을 붓고/ 아랫목에 모셔 놓아야'(1연 1-4행) 진하고 맛있는 밀주가 만들어진다. 밀주를 만드는 과정의 정성처럼 시를 쓰는 과정도 여러 단계의 과정을 거친다.

밀주는 발효되는 동안 발각되고 싶어서 뽀록, 뽀록 소리를 내고 냄새를 피운다. 시적 긴장감과 일맥상통하는 과정이다. 시도 일기장에서 비밀스럽게 쓸 부끄러운 연애 이야기, 가족사를 발각당하고 싶어서 안달이 난다. 술이 익는 과정처럼 얼굴을 붉히며 애를 끓여야 한 편의 좋은 시가 탄생한다.

　김현숙의 시 「밀주」는 부드러운 발효 과정을 거친 작품이다. 설익은 맛이 없다. 어머니의 깊은 손맛이 우러난 밀주의 맛이 난다. 힐링과 공감을 유도하는 작품이다.

　　5

　예전 신춘문예 시는 사회화 시가 주종을 이루었다. 사회고발과 증언으로 약자의 억울함과 부당함을 고발하였다. 그러나 재택근무가 늘고, 컴퓨터로 회사업무를 총괄하는 21세기 정보화 시대가 도래하면서 개인의 감정이 전체를 대별하게 되었다.

　김현숙의 아래 시는 사회화와 역사성, 개별성을 강조한다. 개인의 다양하고 다각적인 여러 관심사가 동물사랑, 자연사랑, 독특한 자기계발이 독특한 시의 향미를 풍긴다.

　바닷바람에 소금간이 밴 햇살이
　해변의 소나무 숲을 어루만진다
　나는 한낮의 구름을 벗겨낸 바람의 잔해를 몰고
　문무대왕의 왕비, 뼈대가 묻힌 대왕암으로 간다

　파도에 부딪히는 고래 대가리와 해초에 걸린 꼬리
　포경을 하고 난 그날처럼 바다의 살갗이 파닥거린다

죽은 자들이 죽지 않고
바다를 지키는 밤의 쌍곡선

범선들이 항해할 때 만난 고래의 등은
지구의 원형을 복원하고 있는가?

살기 위해서 힘차게 뿜어대는, 물줄기
고래의 황홀한 고집이 파도를 탄다

반구대 암각화에는 고래의 유적이 남아있다
장생포 앞바다를 누비던 고래의 무한 질주

수천 개의 빛의 혀들이
고래의 DNA를 희롱하며 반짝인다
벌거벗은 고래 지느러미의 뿌리가 흔들린다

　—「포경 금지령」 전문

　「포경 금지령」은 고래사냥 금지령을 발표한 현 시국에 빠르게 대응한 작품이다. 오래전 바닷가 어시장에서 공공연히 고래고기를 부위별로 팔았던 기억을 더듬어 보면, 지금은 상황이 어떤지 궁금하다.
　인간에게 학대받는 동물과 지구에서 사라지는 나무와 꽃에 대한 관심과 연민은 시인이 간과해서는 안 될 시의 주제다. 동물을 학대하는 사람은 잔인한 살인자의 기질을 숨기고 있다고 한다. 작고 여린 '봄맞이꽃'이 피면 봄이 지나가는 것이라고 한다. 시인은 다른 사람들이 눈여겨보지 않고 지나치는 것을 클로즈업하여 사람들의 시선을 집중시킨다. 강자만 살아남는 세상은 재미가 없다. 공포와 위기의식으로 세상은 단절되고, 사람들은 불행해진다.

나무와 꽃, 동물, 사람들이 부당하게 학대당하는 세상은 슬픈 세상이다. 시는 사람들 가슴에 작은 등불을 켜고, 그 슬픔을 녹여주는 역할을 한다. 시인은 부당하게 억울하거나, 슬프거나, 가난한 자가 억압받을 때 시로써 증언하고 고발하는 시대의 파수병이다.

김현숙은 세상에 질문한다. 돌고래, 검은 혹등고래, 범고래가 바다를 자유롭게 질주하는 꿈을 실현하는 데 당신들은 어떤 기여를 할 것이냐? 그 일을 알고 관심을 가지고 앞으로 참여할 것을 요구한다. 요즘 개인의 가치가 우주만큼 커졌다. 요즘 점차 사회고발 시에서 자연고발 시로 시의 경향이 바뀌고 있다.

아래 시는 튀고 개성 있는 김현숙 시인의 성격이 드러나는 시다. 4차원적인 시인의 면모가 묘한 매력을 준다. 각자 따로 살아내는 인생이다. 쌍둥이의 삶도 각각 다른 데, 개인의 자유가 존중받고 지나친 관심과 간섭은 배제되어야 마땅하다.

시기 질투는 무지한 자의 콤플렉스의 발현이다. 모든 인간은 각각 같은 길을 가는 것 같지만 그 능력과 개성은 하늘과 땅 차이가 난다. 사실은 각각 다른 우주를 만들어내는 과정에 있다.

여러 갈래에서 잠깐씩 만남이 이루어지지만, 삶도 죽음도 따로 간다. 별일도 아닌 구차스러운 이유로 시샘과 질투로 생산성을 낮추는 일은 손해 보는 행위다. 그 시간에 신경 쓰지 않고 자기 일을 하면 생산적이고 창의적인 결과를 도출한다. 사람은 모여 살지만, 각각 다른 개별적인 길을 가고 있다. 남에게 향한 시선을 자신에게로 향하여, 발전을 추구하면 후회가 적다.

어떤 이에겐 고물로 보이는 것이
나에겐 유물로 보여
골동품이라고 아낀다

어떤 이에겐 별 볼 일 없어 보일 테지만
나에겐 작품으로 보인다
신줏단지 모시듯이 깍듯하게
닦고 광을 낸다

세월이 흘러 먼 훗날
어떤 사람은 가격을 매길 것이고
어떤 이는 작품의 품격을 매길 것이다

골동품을 모으는 일은
고상한 취미이면서
고부가가치를 형성하니
이보다 더 즐거운 일이 또 있으랴

고물은 고물상으로 가지만
유물은 고물상에서도
사람의 품으로 온다

—「골동품에 관한 단상」 전문

고물과 유물의 차이는 무엇일까? 흔하고 많은 것은 고물 취급을 받고, 유일하게 한 개밖에 없는 것은 유물로 분류된다. 고물을 귀히 여기다 보면 언젠가 유물로 격상될 날이 올 것 같다.
시도 그렇다. 시인 개인에게는 하나밖에 없는 유물이다. 광을 내고 닦아서 고이 간직할 일이다. 시집은 가장 오래 자손에게 남길 수 있는 정신 유산이다. 특히 인터넷이 발전하면서 천지개벽을 하여 세상에서 컴퓨터가 없어지지 않는 한, 수천 년, 수억 년 동안 시는 남아있어 역사학과 언어학, 시학의 자료로써 언어연구 유물이 될 것이다.

예언컨대 시의 시대가 도래하면, 각 나라의 고향에 대한 추억은 각 도시의 이름만큼 많은 시가 존재하게 될 것이다. 우리의 옛 고향 마을에도 수백 년 된 느티나무가 있었다. 누구나 추억을 펼치면 캔버스 한 페이지를 채색하고도 남을 추억이 있다.

어릴 적 동네 어귀에는 커다란 살구나무가 있었습니다
여름이 시작되기 전에
아이들은 살구를 주우러 몰려듭니다

욕심을 부리는 날에는 살구나무 가지에 올라가서
마구 흔들어 살구를 후드득 떨어뜨립니다

다음날도 그다음 날도
나무는 맞기를 반복했습니다

세월이 흘러 그 살구나무의 아픈 상처를 만났습니다
해마다 아픔을 겪으면서도 살구가 열리게 하고
곯은 배를 채워주던 살구나무에는
어머니의 자궁만 한 상처가 아물고 있었습니다

어떤 사람들은 그 상처에다 카메라를 들이댑니다

어제의 꿈은 무엇이었냐고 묻는 사람들에게
살구나무는 대답 대신
긴긴 아픔을 꿀꺽 삼켜 버리고
흐린 눈빛으로 먼 하늘을 바라봅니다

　—「이상한 나무」 전문

　고향과 고향에 대한 추억은 지나간 것이기에 누구에게나 아름다운 상처다. 김현숙 시인에게도 고향은 저 살구나무에 걸린 저녁노을처럼 아름다운 보랏빛 추억일 것이다.
　우리나라 가요에 '앵두나무 우물가에 동네 처녀 바람났네'라는 노래가 있다. 독일 가곡에는 슈베르트가 작곡한 '보리수'가

있다.

'성문 앞 샘물 곁에 서 있는 보리수, 나는 그 그늘 아래 단꿈을 꾸었네. 가지에 사랑의 말 새기어 놓고서, 기쁘나 슬플 때나 찾아온 나무 밑' 가사를 살펴보자.

두 노래를 비교해 보면 공통점이 있다. 동양이나 서양이나 우물가에는 사람들이 모여들고, 키가 작은 유실수를 심었던 것 같다. 샘터에 유실수를 심으면 늘 물이 있으니 고사할 염려도 없고, 누군가 물을 길으러 왔다가 꽃과 열매를 즐기며 행복할 것이다.

또한, 우물가는 남녀가 사랑을 나누는 밀회 장소였던 것 같다. 지금은 공원이 그 역할을 대신하지만, 딱히 예전 시골 마을에는 놀이터가 없었으니 우물가가 그래도 가장 찾기 쉽고 달밤에 밝은 장소였을 것이다.

동네 어귀나 마을 중심가에 있던 느티나무나 살구나무는 동네 놀이터였다. 특히 살구는 어른이나 아이나 좋아했던 맛있는 과일이다. 시인은 노년기에 다시 고향을 찾아가서 그 나무를 살펴보고 온갖 풍상을 겪은 나무와 자신을 동일시한다.

김현숙 시인이 늙은 어머니가 살아계셔서 노년기에 고향을 찾아가서 그 살구나무를 만난 것은 축복이다. 효도하면 부모가 오래 살고, 자녀는 과거를 추억하며 정서적 안정을 누린다.

시는 가장 비용이 적게 드는 예술이다. 시 창작 과정은 정신과 자가치료 과정이다. 전기료와 인터넷 연결비만 내고 직접 고백록을 쓰는 자가 상담심리치료 과정이다. 보통 첫 시집은 과거의 장사 지내기 과정이다. 과거에 대하여 할 이야기가 아직도 많다는 것은 추억과 상처를 아직 다 쏟아내지 못했다는 반증일 것이다.

김현숙 시인의 두 번째 시집 발간을 진심으로 축하드린다. 짧고 선명한 감성적 문장과 독특한 개성, 향토적 아이덴티티가 주는 긍정 에너지가 독자들에게 모두 전달되기를 바란다.

문향 널리 퍼져, 문운이 활짝 열리기를 기원한다. 김현숙 시인의 아름다운 시를 읽고 독자들이 그 향토적 순수와 다정을 느끼고 정서 해소를 하여 코로나를 극복할 힘을 얻게 되기를 진심으로 바란다.